宍道湖＊目次

装幀　真田幸治

宍道湖

平成二十六年

春真昼たんぽぽ白き絮《わた》を付け一期の旅の風を待ちをり

とほき日に旧き男の子のゐたあかし兜の絵皿を机《き》に置く五月

朴、楓みどりを重ねなほ重ね木叢がかくす初夏の空

短歌《うた》のひらめき得ざるゆふべは絵更紗にテーブルクロスを替へてもみたり

地球儀を廻せばタヒチ、ゴーギャンの赤い夕日が目裏に燃ゆ

星月夜万巻の書を眠らせて図書館は厚き帳《とばり》を下ろす

短歌《うた》あれば辛酸もまた糧なりき文箱に手繰るとほき思ひ出

透明なグラスに注ぐ梅の酒琥珀にうるむ心渇きに

若竹はたちまち伸びて蒼々と夏の天空おほらかに掃く

涸るるかと思ふも身内に細ぼそと短歌《うた》とふ真愛《まかな》しき川は流るる

ひと房の黒きぶだうの実をつまみ越路吹雪のメドレーに酔ふ

旅の空遥かなものに触れたくも身のほころびを日々につくろふ

野仏はやはき目《まな》ざし箱根路の末枯れし紫陽花夕陽吸ひをり

はろばろと芒《すすき》なびける仙石原旅なるわれに風はひそけし

竜胆の瑠璃一輪を志野の皿に水はりてさす初秋の朝け

緑濃き味爽《まいさう》の丘は幽玄の舞台となりぬ漢詩吟詠

ほとばしる香に立つかぼすの清しさよ暗礁《いくり》に生れし牡蠣にしぼれば

鄙びたる匂ひを放ち夏草は廃屋の庭に高く積まるる

部屋に掛けるギリシャの空は真青なりみはてぬ夢のパルテノン神殿

逝きてより覆ひしままの碁道具に手ふるれば鳴る那智の黒石

聳え立つ欅大樹はもの悲し日毎散り敷く冬蒼天に

老庭師鋏を鳴らす冬の庭リズムにのりて小枝をおろす

裸木にならむとばかり身悶えていちやう散り敷く黄なるこの道

平成二十七年

漣のごとくわが胸ひたすもの越路吹雪の歌を楽しむ

聊かの杞憂だらうか憲法改正国破れたる遠き日あるを

松葉蟹せせり食べたし山陰の冬潮の底に育つ松葉蟹

風鎮をこととゆらして風抜けり鉢の白梅二つ三つ咲く

葉がくれに子雀宿りし庭の椎ばつさりおろし冬の蒼穹

鼻少し欠けたる古雛母に似て円居せし日の語らひ偲ぶ

苔つける幹の片側朽ちつつも匂ひ馨し古木白梅

歩を早めこの道いくたび通ひしか松籟耳に時は流れて

要領の才《ざえ》なきわれの来し方を雨夜に醒めて今宵も悔ゆる

里の風に髪ふかれつつ万葉の縁に遊ぶサークルに往く

風光る楓若葉はみ仏の千のみ掌ともそよぐ庭の辺

鑑とせし人身《ひと》罷りてアドレスを消しかねてゐる花冷えの夜

逝きし友偲ぶよすがの床の掛軸《じく》ひそけく淡きその墨の跡

ありなしの風に吹かるる椎若葉鵯《ひよ》の葉隠《こも》る日も近からむ

本を繰るかそけき音よ真昼間の窓辺の椅子に光は充ちて

病みし足のリハビリの日のよみがへる杖に縋りしなつかしき日々

朝光《あさかげ》を透かして見上ぐる柿若葉柔きが匂ひ花のごとしも

空に浮かぶ青きドームはニコライ堂近く見上げて駿河台をゆく

いづへなる瀬をのぼりゐし若鮎か蓼酢の皿に夏は来てをり

寺隣の石材店の大石が刻まれすずやかな地蔵となりゆく

閃かぬ歌の言葉を得んとしてかへり山吹咲く道をゆく

晩夏《おそなつ》の驟雨に打たるる蜩よ椎の根方にむくろとなりて

うすもののわれの胃の腑を見るならん踊り食ひせし白魚の眼《まみ》

平成二十八年

落葉樹こんこんと眠る季《とき》にして天に垣なく冬空眩し

半分の南瓜と柚子を抱へ持つ冬至の午後の風ふるふ街

宍道湖を夜すがら揺蕩《たゆた》ふエトランゼ久しき友との情響きあひ

夕翳り薄ら氷《ひ》の身にふれもせずさざめくもよし八十路の集ひ

如月のをさなき春に触れてみんはかなく曲るわが背をのばし

居ながらに登別なる湯けむりに心のほつれを繕ふ寒夜

まどろみに語りし父をいましばし覚めて惜しめり寒の暁

七宝の絵皿に在すわが雛《ひひな》小雪降る日の彩ひとなりて

ひそと来て茶房の椅子に身をあづけテーブルに置く砂時計見る

朝光《あさかげ》は障子を透かし影絵なし鳥の葉隠る木蓮ゆるる

燃ゆるもの乏しくなりし身めぐりの君子蘭一花朝日をはじく

華やかな残像もなく寺庭に果てたる牡丹風に鳴りをり

虚耳《そらみみ》に鼓動たかまる夜明け方老いわれに心細さは募る

朝まだき厨の蜆つぶやきてふるさと宍道湖の砂をはきをり

パンジーもビオラも退《し》さる夏隣仄かに匂ふ庭の梔子

元禄の偉才の描く杜若《かきつばた》正目遠目の根津美術館

蒲公英の綿毛のごとき頭毛《つむりげ》のいのちほっこり曾孫抱けば

足病めるわれに灯《あかり》を給ふごと夕闇に明る紫陽花の道

木下闇十薬匂ふ葉がくれにひそめる蟇を石とみまがふ

梅雨明けの椎と楓をゆききして風に揺すられ糸を吐く蜘蛛

潮の香の爽やかにたつ生わかめとろりめかぶにレモンをしぼる

緑陰も茹だるが中に鳥すらも姿を見せず蟬時雨降る

アンスリウムの四鉢《よんはち》の朱《あけ》それぞれが華なき庭の夏を彩る

遅れ咲く梔子の花よ秋立ちて木陰にひそと笑まふがに咲く

木犀の品よき香り待ちわびて道すがら見る眼鏡拭ひつつ

黄にゆるる女郎花の庭に秋みえてやがて鈴虫闇をふるはす

秋天の高きを仰げばみ寺なる甍の上に白き昼月

椎の木の剪定終り斑陽《はだれび》を浴びる鶏頭の深きくれなゐ

錦秋の奥入瀬川の映像に息を呑むわれ居ながらにして

鈍色に移らんとする冬の庭時ならぬ木瓜の朱《あけ》にときめく

秋冷の暮るるに早き厨にて厚切り大根時かけて煮る

冬支度始まるらしき朴一樹身をふるはせて木枯しに向く

平成二十九年

枯草も初冬の風情冷たきにコスモスやをら腰を折りたり

首筋の皮膚に朝夜の疲れみせ朝をするどし冱寒の鏡

拾ひたる松かさ双の手にかざす幼なよ風の枯野を走れ

わが袖の僅か触るるにほろほろと紫式部の丸き実の落つ

ひよの目を逃れて赤き万両にあははあはとさす寒の夕つ日

この空の塵ほどもなきわが命凍てつく夜半の綺羅星仰ぐ

蕗の薹刻みて散らすおみおつけ五臓六腑に香のしみわたる

杳《とほ》き日に泳ぎ疲れて腹ばひし砂あたたかきふるさとの海

薄ら氷《ひ》をわけつつ鴨ら身をよせて枯蓮の池を泳ぎゆくなり

風に咲く辛夷のいのち凜々と小糠雨なる春の林に

気が立ちて眠れぬ夜を起き出でて岡井隆の歌集をめくる

呟きがみそひと文字になりたれば胸にあかりのほのと点りつ

杜若直《すぐ》に立ちたり濃紫立夏の 朝《あした》 水盤に咲き

胸もとにつけし真珠の冷たさも心地よきまで春闌《た》けにけり

厨の窓くもらす湯気に春立ちぬさみどりの蕗、わかたけを炊く

天性の綺羅星なのか佐藤しのぶわが胸霧の晴れし母の日

花終へし藤棚の下の乳母車、風にあやされ幼なはねむる

梧桐の葉裏返してさやげるを目つむりて聞く浅き夏の日

青豆の弾けるがごと池の辺を子蛙は跳ぶ梅雨の晴れ間を

蕎麦ずきの亡夫通ひし「砂場」なりつゆけき午後の天ざる一つ

梅雨晴れの風やさしかり雫して伸びる庭木の下枝を切る

黄昏は逢魔が時と人言ふも熟れたる枇杷のほの明かりして

この小道炎暑ほどなく終らんか凌霄花《のうぜんかづら》の花散り敷きて

美しき花の終りのはかなさよ末枯れし紫陽花風に鳴る秋

忘れしか親しき人の名の出ないだらだら坂の日暮れを下る

透明な氷に注ぐ花梨酒の赤きが次第に淡しグラスに
燦と散る金木犀の芳香をはばむものなし秋の夕暮れ

吹く風に惜しみて余る葉を落し銀杏がぐんと空に背伸びす

些事に悩むわれは愚かよ青空の高きを鳶はゆるり飛びをり

コスモスのそよぎ止まざる蓼科の思ひ出熱し老いしわが足

平成三十年

居眠りかと問ふ子のありて「考える人」を見仰ぐ美術館の庭に

寂しさも行きつ戻りつ彼岸会に母の枕のそばがら鳴らす

雪暗《ぐ》れにビーフシチューの灰汁をとり一人の夕の時間を煮込む

限りある命のわれのつれづれに憑かれ詠みつぐ小さき詩型

病人《やみびと》もわれも苦しき年逝きて溢るる白に雪柳咲く

機嫌よきみどり子神にくすぐられかすかに笑まふ春日うらら

宍道湖の大き落日そびらにしじみとる舟眼《まなこ》に浮かぶ

宍道湖の真中の小さき嫁ヶ島つかのま見せて霧流れゆく

亡夫の椅子もらはれてゆく春立つ日はつかなるわが迷ひとけゆく

むづかしき言葉にあへば傍らの広辞苑ひく老いのあそびに

喪の列はしづかに歩み道の辺に山茶花しろきはなびら散らす

忘れたきこと忘られず夜すがらを花散らす風の荒《すさ》ぶ音《ね》を聞く

窓に通ふ季節の風のナレーション春嵐去りし朝の爽快

憂きことの余りに多きこの日頃軽い政治がすいすい泳ぐ

背をまげしウインドーの影は誰ならん日々茫々と憂思にかまけ

ベランダに遊ぶ子雀よろぼふもリズムとるがに雀のタンゴ

神宮外苑《がいゑん》に軍靴響きし杳《とほ》き日よいま燃えあがる五輪のほむら

階段を一つとばしに降りる人白を着こなす若さが眩し

ストッキングを脱ぎてたまゆらそのかみの素足の時世楽しまんとす

新聞と雑誌楽しむ日曜の厨に無花果のジャムの香ほのか

病める膝切り裂きたきも愛しさもますなりゆふべ時雨るる窓辺

ながらへし亡夫に会ふごと病廊にゆき交ふ車椅子のあまた老人《おいびと》

ふり向けば日なたのにほひ夏草の刈られ枯れはて塚となりたり

折鶴蘭に足をとられて歩む夜の庭に熟れたるトマトあからむ

短歌《うた》といふ思考めぐらす秋立ちてひそけき音の雨を友とし

平成三十一年

ハイビスカス命の限り元朝の身をふるはせて黄の花かざす

臘梅の香にさそはれてリハビリを遠回りせし杳《とほ》き日もあり

紅ふふむ花枝《はなえ》活けつつ春を待つ人ありし日々のさながらに顕つ

風の鞭陽の慈しみの干柿は鄙の美味なりもつてり甘く

柚子ならぬ赤きりんごの皮のうく湯船かぐはし春立つ宵に

水欲りて逝きたる人も遠くなりスーパーにあまた並ぶ名水

嫁ぐ孫白きドレスをひきてをり背に微睡みし幼なおもかげ

ひたぶるに風やはらぐを待つ木蓮天に爆ぜ咲く挿頭とならん

春待ちて北の富良野のむらさきの床しき花の香湯船にたらす

令和元年

花片《はなびら》は池の水面《みなも》を埋めつくし花筏わけて鯉のあぎとふ

ペダル踏む少女の耳輪大きくて爛漫の風くぐり駆けゆく

面影のたちては消ゆる夜の静寂《しじま》、妹《いも》逝きて十年《ととせ》花みづき咲く

幾度も膝の痛みに目覚めたり時雨るるらしき軒の雨音

痛ましき記事なき新聞読む朝の寄せくる緑の風のすがしさ

寺庭は蝶舞ふごとし著莪の群束ねて淋しき花舗に並ぶは

窓際のこの日だまりは我が城ぞ物思ふとき物を読むとき

白磁なる観音像は安らけく何がな心ひらける感じ

梅雨明けの枇杷の葉裏ゆ朝風に銀の糸ひく蜘蛛は魔術師

かがまりて虫の目で見る早暁の松葉ぼたんはきらり露置く

この猛暑鬱然たりし夕べ飲む冷えし梅酒のとろりとあまく

令和二年

からからと枯葉も渡る冬ざれのゼブラゾーンは夕映えに照る

裸木《はだかぎ》はやがて芽吹かん春待つを知らぬ顔して厳寒に立つ

旧りゆける薄ら氷《ひ》の身にふれもせずさざめくもよし卒寿女三人《めみたり》

夕明かり今しばしあれ松が枝に遊び疲れし子鴉憩ふ

香り立つ茶筅の泡のうすみどりひとり手前は瞑想のとき

復路なき九十歳の幾霜ぞ追憶は熱き寒の薄ら日

きざはしのところどころにほぐれ咲くからくれなゐの椿の凜々し

ウインドーに映る猫背は誰ならん寄る年波にわが背のまろく

コロナ禍をおそれ蟄居の窓に見るまぶしきまでの初夏の陽燦々

夏隣高みに止まる大鴉鳴けば彼方で応ふるがあり

梅雨ごもり倦みて出で来し寺町の青葉が上に昼月仰ぐ

ハイビスカス雨にも負けずベランダに黄の花咲かすほむらだつがに

トルコ桔梗立夏の蕾しぼるがに紫楚々とこの世にまみゆ

すこやかな老いとはいへぬ夕翳り燠火あふれど短歌《うた》は出でこず

忘れな草都忘れと花の名にしみじみと情趣を込めしは誰そ

時報の歌ながれて暮色に浸るとき鴉の合唱指揮者ゐるごと

思ひ出のつまつた瘤を背にゆらし薄ら日をゆく駱駝の旅は
（平山郁夫展）

戦後はや七十五年青葉濃し悶々と鳴く九段のカナカナ

マネキンのカシミヤコートはカーキ色国防色の遠き日のあり

わが右眼黄斑変性病みて憂し病老も耐ふコロナ禍の中

卒寿すぎまだ生きんかなこの秋のニットの案内に心ゆれつつ

山里の贈りものなる栗きんとんほっくり広がる秋の幸せ

ブルースを聴きて眠れば夢おぼろ病めるわが足ステップかろく

秋が好き茶筅の茄子をわが為にじつくり煮込む贅もうれしき

枕辺に本を積みては読まざりき眼を病みて悔ゆわれの怠惰を

目薬の冷たき一滴しみ入れば心にひらく大輪の白菊《きく》

秋ふかし流るる雲も届かざる天涯さすらふ夫の忌巡り来

令和三年

補聴器と眼鏡に加へマスクまで耳は密なりコロナ禍の日々

視力落ち細字もいよよ読みがたくとろとろ午睡の老いのおとろへ

床飾りの柳かすかに芽吹きをり金色《きん》に染みつつ春を焦がれて

妹《いも》逝きてうつろのままの朝ぼらけ梅干し滲む粥にうるほふ

夕闇にひそと鍵穴あはすとき心ふるひ立つ独り住む家

豆雛のさざめくがごと艶もちて紅梅ほろろ年あらたなり

あとがき

つたない歌集を手にとっていただき、ありがとうございます。

卒寿を過ぎて、周囲の勧めもあり、作ってきた短歌をまとめることにいたしました。

歌集名は奥村晃作先生にご提案いただき「宍道湖」としました。私は宍道湖のある島根県松江市の隣の鳥取県境港市の出身ですが、上京の後は故郷に近いその湖をまた湖の名前を懐かしく思い、歌集には宍道湖を詠んだ短歌をいくつかおさめております。

奥村晃作先生を始め、苑翠子先生、藤井常世先生という立派な先生方に教えを受け、それぞれの教室で多くの歌友に恵まれました。心から感謝申し上げます。

令和三年五月

堀田茂子

追記

わたしは縁あって吉祥寺の産経学園の短歌教室の講師をこの数十年務めてきた。今から八年前の平成二十六年、堀田茂子さんは、この教室に参加された。それまで藤井常世さんに学んでおられたが、藤井さんが亡くなられたので、奥村の教室に参加したということであられた。藤井常世さんは平成二十五年十月三十日、七十二歳で逝去された。

堀田さんが突然歌集を出したいと申し出られたので、お引き受けした。

歌集稿をお預かりしたところ、二百首に満たず、少ないと思った。普通の場合歌集稿をお預かりすると選歌をする、採れる歌を選び残す。二百首ではそれも出来かねるのでちょっと困ったなと思いつつ目を通したが、削らねばならぬ歌は一首もなく、表現上の手入れはしたが、お預かりしたそのままで一冊とすることにした。八十代半ばから九十代にかけての歌である。歌数が少ないし、以前の歌も載せた方がいいと思い、その旨をお話したら、以前とは歌柄が少し違うから、これでお願いしますと堀田さんはおっしゃられた。

略歴を見て、藤井さん以前には「日本歌人」の苑翠子さんに師事されていたことを知り、堀田さんのお気持ちも分かり、奥村の教室のみの歌集となった。ただごと歌の奥村指導の教室であっても堀田さんの歌世界はそのままに表れており、秀作の類も何首かあるであろうと思うが、お読みになられた皆様方、如何であろうか。追記が長くなりましたこと、堀田さんに、また皆様方にお詫び申し上げます。

奥村晃作

令和三年五月二十日

略歴

昭和四年　　　鳥取県境港市に生まれる
昭和二十一年　鳥取県立米子高等女学校卒業
昭和二十四年　結婚、上京
苑翠子先生（「日本歌人」）に師事
藤井常世先生（「笛」主宰）に師事
奥村晃作先生に師事　平成二十六年より

住所　〒168-0082　東京都杉並区久我山一―五―一七―八一〇

宍道湖《しんじこ》

令和３年８月24日　初版発行

著　者――堀 田 茂 子

発行者――宇田川寛之

発行所――六花書林
〒170-0005
東京都豊島区南大塚３－24－10　マリノホームズ１A
電 話 03-5949-6307
FAX 03-6912-7595

発売――開発社
〒103-0023
東京都中央区日本橋本町１－４－９　フォーラム日本橋８階
電 話 03-5205-0211
FAX 03-5205-2516

印刷――相良整版印刷

製本――仲佐製本

定価はカバーに表示してあります
ISBN978-4-910181-20-2 C0092